Marisa,
el hada de
ciencias

A Sarah B, una verdadera amiga

Un agradecimiento especial a Rachel Elliot

Originally published in English as *Rainbow Magic: Marissa the Science Fairy*

Translated by Karina Geada

ISBN 978-1-338-08211-1

10 9 8 7 6 5 4 3 2 1   16 17 18 19 20

Printed in the U.S.A.   40
First Scholastic Spanish printing 2016

Marisa,
el hada de
ciencias

Daisy Meadows

SCHOLASTIC INC.

Palacio del Reino
de las Hadas

Escuela del Reino
de las Hadas

Tippington

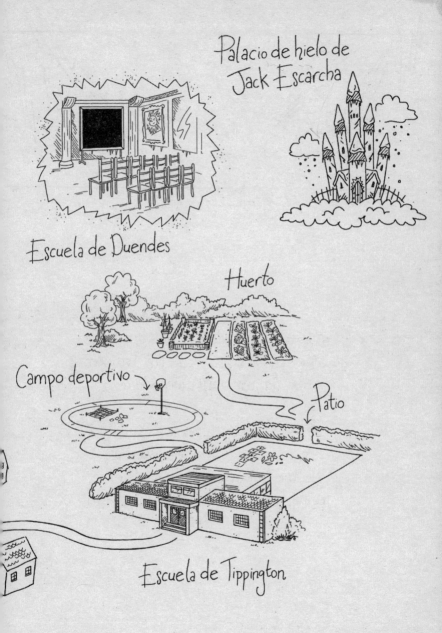

Palacio de hielo de
Jack Escarcha

Escuela de Duendes

Huerto

Campo deportivo

Patio

Escuela de Tippington

Las hadas deben saber
que en la escuela hay que aprender
que yo, Jack Escarcha, soy famoso
por ser un científico fabuloso.

Las estrellas mágicas me ayudarán
y los duendes me obedecerán.
No me importa si las hadas lloran,
¡porque mis estudiantes me adoran!

Índice

¡Las mejores amigas de la escuela!

Cristina Tate alisó la chaqueta de su nuevo uniforme escolar y se mordió el labio.

—¡Me estoy muriendo de la emoción... y del miedo! —dijo.

Su mejor amiga, Raquel Walker, se echó a reír y le dio un abrazo.

—No te angusties —dijo para calmarla—. ¡Piensa en lo fantástica que será *esta semana* que iremos juntas a la escuela! Y mi uniforme te queda de maravilla.

Era el primer día del curso escolar y estaban camino a la escuela. Después de varias semanas de mal tiempo y lluvias torrenciales al final del verano, la escuela de Cristina en Wetherbury se había inundado. Demoraría una semana en ser reparada para que las clases pudieran reanudarse; por eso los padres de Cristina decidieron que, mientras tanto, su hija se quedara en casa de los Walker. La mejor parte: ¡Cristina podría ir a la escuela con Raquel!

—Es solo que siento un poco de miedo de ir a una escuela nueva —dijo Cristina.

—Pero estarás conmigo en todas las clases —le recordó Raquel—. Además, siempre nos divertimos cuando estamos juntas, ¿no?

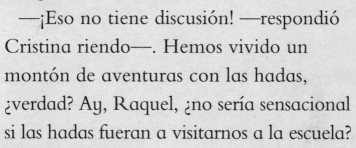

Raquel sabía cómo levantarle el ánimo a su mejor amiga.

—¡Eso no tiene discusión! —respondió Cristina riendo—. Hemos vivido un montón de aventuras con las hadas, ¿verdad? Ay, Raquel, ¿no sería sensacional si las hadas fueran a visitarnos a la escuela?

Desde que las niñas se conocieron en la isla Lluvia Mágica, habían guardado el secreto de su amistad con las hadas. A menudo visitaban el Reino de las Hadas y, junto a sus pequeñas amigas, habían vivido aventuras mágicas en el mundo de los humanos.

—¡Mira! —dijo Raquel al ver a tres chicos que las saludaban. Eran sus amigos Adán, Amina y Ellie.

—¡Hola, Raquel! —dijeron—. ¡Hola, Cristina!

Cristina los había conocido en una

de sus visitas a Raquel, y cuando vio que le sonreían se sintió más relajada.

—¿Te mudaste a Tippington? —le preguntó Amina emocionada—. ¡Dime que sí!

—No exactamente —respondió Cristina—. Mi escuela se inundó y la están reparando, así que me quedaré con Raquel hasta que esté lista.

—Bueno, espero que demoren mucho tiempo en repararla —dijo Ellie con una sonrisa.

—Yo también —añadió Raquel.

Cristina tenía el presentimiento de que ir a la escuela con Raquel iba a ser muy divertido. El primer día de curso siempre era emocionante, pero estar junto a su amiga lo hacía aún más especial.

Cuando llegaron a la escuela, sintieron

una gran animación en el ambiente. Todos llevaban mochilas nuevas y uniformes planchados, zapatos relucientes y cabellos bien peinados. La secretaria intentaba mantener el orden, pero estaba claramente agotada.

—¡Ah, Raquel Walker! —dijo, agitando en el aire un portapapeles—. ¿Es esta tu amiga que pasará un tiempo con nosotros? ¡Bienvenida! Este año estarán en la clase del Sr. Beaker y su salón es el número siete. Dense prisa para que no lleguen tarde.

Adán, Amina y Ellie también estarían en la clase del Sr. Beaker.

Los chicos caminaron rumbo al salón y al llegar tuvieron la suerte de encontrar una mesa para cinco y pudieron sentarse juntos. Cristina acababa de sacar su nuevo estuche de lápices cuando la puerta se abrió y apareció un hombre alto, de pelo rizado, con un maletín.

De inmediato, todos hicieron silencio y se sentaron correctamente. Cristina y

Raquel cruzaron los dedos. ¿Cómo sería el nuevo profesor? ¿Sería justo? ¿Sería estricto?

—Buenos días, chicos —dijo con voz afable el profesor—. Yo soy el Sr. Beaker. Bienvenidos a un nuevo curso escolar. Espero que tengan muchas ganas de aprender y divertirse este año.

Sonrió, y sus ojos marrones brillaron.

—Parece agradable —susurró Raquel.

Cristina asintió en silencio. El Sr. Beaker abrió la libreta de asistencia y comenzó a pasar la lista diciendo los nombres uno por uno.

Acababa de mencionar el de Cristina cuando la puerta se abrió de golpe y entraron dos chicos riendo a carcajadas.

La sonrisa del Sr. Beaker se borró.

—Chicos, llegan tarde —dijo—. Dejen de jugar y busquen dónde sentarse.

Cristina le dio un codazo a Raquel.

—Qué raro —dijo en voz baja—. ¿Te diste cuenta de que sus uniformes no son como los nuestros?

Los chicos nuevos

Los chicos vestían chaquetas verdes y gorras con viseras tan largas que apenas se les veía el rostro. Caminaron con arrogancia hasta unos asientos vacíos al final del salón.

El Sr. Beaker terminó de tomar la asistencia, pero los dos chicos no estaban en la lista. El Sr. Beaker los miró pensativo.

—Supongo que son nuevos en la

escuela —dijo—. Tienen que conseguir el uniforme adecuado y quitarse las gorras. Aquí los estudiantes no las usan.

—Pero nuestros uniformes verdes se ven mucho mejor que los uniformes con colores feos que usan aquí —protestó uno de los chicos.

—Además, tenemos una carta de autorización para usar gorras —gritó el otro.

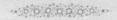

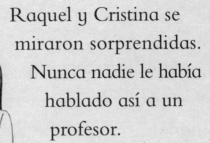

Raquel y Cristina se
miraron sorprendidas.
Nunca nadie le había
hablado así a un
profesor.

El Sr. Beaker no
parecía contento,
pero en ese momento sonó el timbre.

—Hora de la asamblea —dijo—.
¡Arriba, vamos!

Los estudiantes caminaban por el pasillo
de dos en dos, en dirección al salón donde
tendría lugar la asamblea. Raquel y
Cristina caminaban detrás de los dos chicos
nuevos, que se reían y se empujaban el uno
al otro. El resto de los estudiantes iba en
silencio, pero a los chicos nuevos no
parecía importarles. Uno de ellos empujó
al otro contra una pared.

—Ay, lo siento —dijo soltando una carcajada.

Su amigo le dio un codazo riendo.

—¡Ay, fue sin querer! —dijo en tono burlón.

El primer chico extendió la pierna y le puso un traspié al otro, quien se tambaleó entre risas.

—¿Te gusta el paseo? —preguntó el primer chico.

Esperando que el segundo hiciera lo mismo, Cristina miró hacia abajo y se quedó helada. Le dio un codazo a Raquel, que se quedó igual que su amiga. Los chicos tenían pies enormes, ¡como los duendes!

—¡No puede ser! —susurró Raquel—. ¿Qué estarán haciendo los duendes en la escuela?

Una vez en el salón, los chicos se sentaron disciplinadamente en el suelo. Raquel y Cristina se quedaron junto a

los duendes, que ahora estaban jugando a arrebatarse un estuche de lápices.

—Todavía no puedo creer que haya duendes en la clase —le susurró Raquel a su amiga—. Tal vez son chicos normales pero con los pies muy grandes.

Antes de que Cristina pudiera responder, la Srta. Patel, la directora, se puso de pie. Todos hicieron silencio y la Srta. Patel sonrió.

—Bienvenidos al nuevo curso escolar —comenzó—. Es bueno ver tantas caras conocidas, así como algunas nuevas. Este año tenemos un montón de cosas interesantes que...

La Srta. Patel interrumpió su discurso y miró fijamente a los chicos nuevos que no estaban prestando atención.

—¡Déjame agarrarlo! —dijo uno de ellos.

—¡Dame acá! —gritó el otro, tirando del estuche de lápices.

—Chicos, suelten ese estuche y compórtense —dijo la Srta. Patel molesta—. Ustedes serán nuevos, pero estoy segura de que esa conducta no se les permitía en su vieja escuela. No han 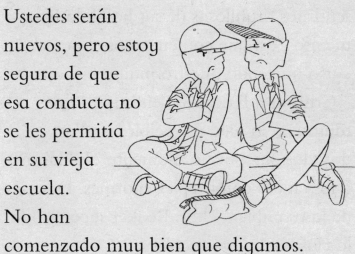 comenzado muy bien que digamos.

Los chicos soltaron el estuche de lápices y cruzaron los brazos enojados.

—Bien, esta semana necesitamos que *todos* se porten mejor que nunca —continuó la Srta. Patel—. Durante tres días nos estará visitando una inspectora para evaluar la escuela. Sus profesores les pondrán estrellas doradas a los mejores trabajos que se hagan y estos se le mostrarán a la inspectora. Queremos sentirnos orgullosos de sus habilidades y talentos, así que comencemos el nuevo curso haciendo nuestro mayor esfuerzo.

Cristina y Raquel se entusiasmaron tanto con la idea de recibir estrellas doradas que por un momento olvidaron a los chicos con los pies enormes. Después de la asamblea, el Sr. Beaker sacó a toda la clase al huerto escolar.

—Comenzaremos con una clase de ciencias sobre las plantas —dijo mientras caminaban por el patio—. Quiero que busquen especímenes para llevar al salón. Allí los observaremos con lupas. Vi muchas verduras cuando pasé por el huerto esta mañana, así que tendrán de donde escoger.

—Adoro las ciencias —dijo Amina alcanzando a Raquel y a Cristina—.

Espero ganar una estrella dorada en esta clase.

—¿Se han preguntado quién recibirá la primera estrella dorada? —dijo Cristina.

Justo en ese momento, se escuchó un grito del Sr. Beaker. Los chicos que estaban a su alrededor se quedaron sin aliento.

—¿Qué pasa? —preguntó Raquel, estirando el cuello para mirar por encima de las cabezas de sus compañeros.

¡Alguien había pisoteado el huerto escolar! Era un desastre total de plantas y verduras aplastadas. Algunas habían sido

arrancadas y luego vueltas a plantar al revés, con las raíces hacia arriba. Todos se quedaron petrificados frente a la horrible escena.

—No puedo creerlo —dijo el Sr. Beaker.

—¿Quién pudo haber hecho semejante barbaridad? —preguntó Adán.

Cristina y Raquel tenían idea de quiénes podrían haber sido los responsables. A sus espaldas, los chicos nuevos estaban muertos de risa. Entonces, uno de ellos le quitó el estuche de lápices al otro, y comenzaron a pelear de nuevo.

—Definitivamente son duendes —dijo Cristina al divisar una nariz afilada.

—Pero, ¿qué están haciendo en la escuela? —preguntó Raquel—. ¿Y por qué habrán arruinado el huerto?

Un viaje al Reino de las Hadas

El Sr. Beaker quería continuar la clase de ciencias, así que después de limpiar el huerto, ordenó regresar al salón. A Raquel y a Cristina les dieron un frijol seco para que lo miraran bajo una lupa.

—Hagan un dibujo de todo lo que ven —dijo el profesor.

Cristina y Raquel miraron el frijol arrugado a través del cristal.

—¡Qué extraño! —exclamó Cristina—. Debería verse más grande con la lupa, pero se ve más pequeño.

—Eso mismo digo yo —dijo Ellie, que estaba tratando de dibujar un rábano aplastado—. Apenas puedo ver nada.

—Algo anda mal con estas lupas —dijo Adán, moviendo la suya.

—*Ellos* al parecer no tienen ningún problema —dijo Amina señalando a los duendes disfrazados.

Uno de los duendes estaba usando su lupa para mirar dentro del oído del otro.

—¡Qué asco, tiene pelos y muchísima cera! —gimió, sacando la lengua.

El otro duende agarró la lupa y miró dentro de la nariz del primero.

—Bueno, tu nariz se ve aún más grande de lo normal —dijo—. ¡Y está llena de mocos!

—Silencio, por favor —pidió el Sr. Beaker.

Los duendes no prestaron atención.

—¿Por qué *su* lupa es la única que funciona? —susurró Cristina.

—Amina, ¿podrías regar las plantas de la ventana? —preguntó en ese momento el Sr. Beaker—. Están mustias.

Amina llenó la regadera de agua y se dirigió hacia la ventana, pero la regadera empezó a gotear. ¡El agua se estaba saliendo! La alfombra se empapó y los zapatos de Amina también.

—No te preocupes —dijo el Sr. Beaker—.
Aquí tenemos un par de zapatos de
repuesto, y hoy a la hora del almuerzo
buscaré una regadera nueva. Ahora todos
tomemos una regla para medir las plantas.
A partir de hoy, vamos a llevar un registro
de lo que crecen en un año.

A Raquel y a Cristina les pareció muy
divertida la actividad. Tomaron sus reglas
y fueron a medir las plantas.

—Esto no puede estar bien —comentó
Raquel—. Según mi
regla, esta planta
mide más de un
metro de altura.

—Mi regla
dice que
mide medio
centímetro

—dijo Cristina, examinando la regla—. ¡Mira, Raquel! ¡Todos los números están desordenados!

—En la mía también —añadió Raquel—. No puedo medir nada.

Y así estaban todas las reglas que había repartido el Sr. Beaker. Nadie podía medir las plantas, y al profesor no le quedó más remedio que pasar a la siguiente actividad. Parecía realmente decepcionado.

—Raquel y Cristina, ¿podrían traer las macetas de plástico que están en el gabinete que está fuera del salón, por favor? —preguntó.

Con mucha pena por todo lo que le estaba sucediendo a su profesor, las chicas salieron corriendo.

—Pobre Sr. Beaker —dijo Cristina—. Parece que hoy nada le sale bien, ¿verdad?

Raquel se agachó para abrir el gabinete, pero cayó hacia atrás cuando un hada minúscula salió revoloteando. Llevaba un lindo vestido de mezclilla y una camiseta púrpura con un lazo anaranjado en el cuello. Tenía recogidos sus cabellos largos y castaños en una cola de caballo, y llevaba un moderno par de gafas de armadura oscura.

—¡Hola, chicas!
—dijo—. Soy
Marisa, el hada
de ciencias, y
he venido a
pedirles ayuda.
Tenemos un gran
problema en la
escuela de hadas.
¿Quisieran venir
conmigo al Reino de las Hadas?

—¿Ahora mismo? —preguntó Raquel.

Marisa asintió con entusiasmo y las
chicas sonrieron.

—¡Nos encantaría! —dijo Cristina.

Después de echarle un rápido vistazo al
pasillo para comprobar que no hubiera
nadie, Marisa hizo una figura en forma
de ocho con su varita. Dos anillos de

polvo mágico aparecieron en el aire y se posaron suavemente sobre las cabezas de las chicas como si fueran pequeñas tiaras.

Al instante, las tres aparecieron en una habitación con los colores del arco iris. Se habían transformado en hadas y batían sus hermosas alas con alegría.

—Bienvenidas a la escuela del Reino de las Hadas —dijo una voz familiar detrás de ellas.

Las chicas se voltearon y vieron a Carla, el hada de la escuela, sonriéndoles.

—¡Qué bueno volver a verte, Carla! —dijo Cristina, abrazándola.

Hacía mucho tiempo que no se veían. El hada estaba de pie, con un pequeño grupo de hadas a quienes las chicas no conocían. Marisa tomó la mano de Raquel y se las presentó.

—Son las otras hadas de la escuela
—dijo—. Alison, el hada de arte; Lidia,
el hada de lectura, y Katia, el hada de
gimnasia. Todas nos hemos dado cuenta
de que las cosas andan mal.

—¿Qué tipo de cosas? —preguntó
Cristina.

—Bueno, en mi clase de ciencias, todas
las plantas han muerto —dijo Marisa.

—Las pinturas se han mezclado en la
clase de arte —dijo Alison—. Ahora todo
es de un horrible color marrón que parece
lodo.

—Las palabras han desaparecido de los
libros —dijo Lidia.

—Y las hadas más jóvenes están volando
hacia atrás en la clase de gimnasia —dijo
Katia—. Realmente necesitamos su
ayuda.

Un salón desobediente

—Apuesto a que Jack Escarcha está detrás de todo esto —dijo Raquel, cruzando los brazos.

Las hadas de la escuela asintieron.

—Se robó nuestras estrellas mágicas —explicó Marisa—. Las usamos para asegurarnos de que todas las lecciones sean interesantes y atractivas. ¡Sin ellas, las clases son un desastre!

—¿Por qué las habrá robado? —preguntó Cristina.

—Porque quiere tener su propia escuela de duendes —dijo Carla.

—Lo peor de todo es que estamos esperando la visita de la reina Titania y del rey Oberón —dijo Marisa—. Queríamos que todo estuviera perfecto, pero sin nuestras estrellas mágicas todo va a salir mal.

—¡Vamos a ayudarlas! —dijo Raquel—. Haremos todo lo posible por encontrar las estrellas a tiempo.

—Eso es justo lo que esperábamos que dijeran —respondió Marisa con una sonrisa—. No hay tiempo que perder. La escuela de Jack Escarcha está dentro del palacio de hielo, y mi magia nos puede llevar allí. ¿Vienen?

—¡Por supuesto! —exclamó Cristina—. ¡Vamos!

—¡Buena suerte! —dijeron Carla y las otras hadas.

Marisa agitó su varita y las cubrió una nube de polvo mágico. Cuando se aclaró, Raquel y Cristina se encontraban en un balcón con vista a un enorme salón. Marisa estaba al lado de ellas.

—Hemos venido

muchas veces al palacio de hielo, pero nunca antes habíamos visto este salón —susurró Raquel.

Era un recinto muy grande, con columnas de mármol blanco y figuras de Jack Escarcha talladas en las paredes. Había cortinas de terciopelo rojo y un retrato de Jack Escarcha colgado en un extremo del salón. Estaba lleno de sillas de madera que lucían muy incómodas, y en cada una estaba sentado un duende.

—Mírales la ropa —dijo Cristina en voz baja.

Todos llevaban el mismo uniforme verde de los dos chicos nuevos de su escuela. Estaban inquietos, se pellizcaban y peleaban entre ellos, y ninguno prestaba atención.

Jack Escarcha estaba de pie frente a

la clase, y llevaba un traje negro y un anticuado birrete de profesor. Estaba tratando de mostrar unas diapositivas, pero tenía que gritar para que lo escucharan.

La primera diapositiva era una foto de

Jack Escarcha con gafas. Al pie de la foto decía:

JACK ESCARCHA: INVENTOR Y CIENTÍFICO FAMOSO

—¡Jack Escarcha es quien lo ha inventado absolutamente todo! —gritó el supuesto profesor—. Es un genio. ¡Escriban eso, tontos!

Solo un duende que estaba sentado en la primera fila comenzó a garabatear en un trozo de papel mientras los otros duendes estrujaban sus hojas para arrojarlas a los demás.

—¡Siéntense y cállense! —gritó Jack Escarcha.

—¡Qué barbaridad! —dijo Marisa—. ¡No tiene ningún control sobre la clase!

Voló desde la barandilla del balcón y aterrizó de golpe frente a Jack Escarcha. Raquel y Cristina iban detrás de ella.

—¿Qué hacen estas hadas atrevidas en mi clase? —exclamó Jack Escarcha.

—Vinimos a recuperar nuestras estrellas mágicas —dijo Marisa con voz valiente—. No son tuyas.

Las chicas pensaban que Jack Escarcha intentaría atraparlas, pero en lugar de hacer eso, se sentó y cruzó los brazos.

—Pues, mala suerte —soltó—. Ya no las tengo. Así que pueden irse por donde vinieron.

—¿Será verdad? —preguntó Raquel.

Marisa miró a los duendes revoltosos.

—Sospecho que *sí* —dijo el hada—. Si las tuviera, los estudiantes se portarían bien.

En ese momento, dos de los duendes pusieron a otro boca abajo y le metieron la nariz en un tintero. Jack Escarcha se puso de pie de un salto y dio un grito de rabia.

—Paren ahora mismo o los expulsaré

al mundo de los humanos, como hice con aquellos dos duendes insoportables. ¡Se van a arrepentir!

Cristina y Raquel se miraron pensando exactamente lo mismo. ¡Debía de estar refiriéndose a los dos chicos nuevos de su escuela!

Rápidamente, Raquel le susurró algo a Marisa.

—Ellos deben de tener las estrellas mágicas —sugirió—. Sus lupas eran las únicas que funcionaban.

—Solo hay una manera de averiguarlo —dijo Marisa levantando su varita—. Regresaremos a su escuela... ¡ahora mismo!

Las hadas visitan la escuela

Como de costumbre, cuando las chicas viajaban al Reino de las Hadas, se detenía el tiempo en el mundo de los humanos. Volvieron a aparecer frente al gabinete del pasillo. Después de devolverles su tamaño normal, Marisa se escondió en el bolsillo de la falda de Cristina.

—Estas son las macetas de plástico que el Sr. Beaker nos pidió —dijo Raquel, buscando en el gabinete.

Cuando regresaron al salón, el profesor estaba repartiendo vainas que había recogido en el jardín esa mañana.

—Ahora tomen una maceta y abran una vaina —dijo—. Quiero que saquen las semillas y las siembren. En cada mesa tienen un poco de tierra y las instrucciones están en la pizarra. ¡Que se diviertan!

Raquel y Cristina se sentaron en sus asientos y abrieron las vainas.

—La mía está vacía —dijo Raquel decepcionada.

—La mía también —dijo Cristina.

Las vainas de casi todos estaban vacías. Los duendes eran los únicos que habían encontrado semillas en las suyas.

—¡Ja! Somos mejores que ustedes —dijo uno de los duendes sacando la lengua.

Todos miraron a los chicos nuevos llenar sus macetas con tierra y sembrar las semillas.

—Muy bien —dijo el Sr. Beaker mientras

los duendes echaban la tierra—. En las próximas semanas veremos si comienzan a brotar pequeñas...

El profesor paró en seco porque no podía creer lo que estaba viendo.

En las macetas de los duendes estaban creciendo tallos verdes que cada vez se hacían más grandes y gruesos.

—¡Imposible! —dijo el Sr. Beaker.

—Es magia —dijo Cristina mientras los tallos llegaban al techo.

—Como en *Jack y los frijoles mágicos* —exclamó Adán.

—Sea lo que sea, no podemos dejar esas plantas aquí —dijo el Sr. Beaker—. Adán, ve y busca al conserje para que nos ayude a llevarlas al huerto.

Adán salió corriendo del salón y Raquel se acercó a Cristina.

—Esto significa que los duendes tienen la estrella mágica de Marisa —dijo Raquel—. ¡Solo una estrella mágica de ciencias haría que las plantas crecieran tan rápido!

—Tenemos que averiguar dónde la tienen escondida —dijo Cristina—. Piensa, Raquel. ¡Piensa de prisa!

El Sr. Beaker caminó por el salón, colocando una planta marchita en cada mesa.

—Me gustaría que cada uno de ustedes dibujara la planta y señalara sus partes principales —dijo.

Las chicas abrieron sus estuches de lápices y, de repente, Raquel se volteó hacia Cristina con los ojos muy abiertos y brillantes.

—Creo que sé dónde los duendes esconden la estrella mágica —dijo—. ¿Recuerdas cómo se peleaban por un estuche de lápices? Ninguno quería soltarlo. ¡Creo que la estrella mágica debe de estar dentro!

—Estoy segura de que tienes razón
—afirmó Cristina—. ¡Qué lista eres!

El Sr. Beaker ayudaba a Amina, así
que no se dio cuenta cuando las chicas
se pusieron de pie y se acercaron a los
duendes. El estuche de lápices estaba
sobre la mesa, en medio de los duendes.

—Disculpen —dijo Raquel—, ¿podrían
prestarnos algunos lápices de colores para
dibujar nuestra planta?

Uno de los duendes puso la mano sobre el
estuche de lápices y se lo acercó de un tirón.

—Estos son nuestros —dijo rudamente—. Usa los tuyos.

Luego, el duende sacó un lápiz verde, y Marisa logró mirar dentro del estuche. Entre los lápices distinguió un destello dorado.

—¡Mi estrella mágica! —les susurró a las chicas—. ¡Ahí está!

Cristina haló a Raquel detrás de la planta gigante, que ya ocupaba todo el fondo del salón. Los otros chicos estaban ocupados dibujando plantas, así que nadie notó su ausencia.

—Tenemos que recuperar la estrella mágica —dijo Cristina decidida—. Marisa, ¿puedes convertirnos en hadas de nuevo? Así una de nosotras podrá volar hasta el estuche de lápices sin que los duendes la vean.

Con un movimiento de la varita del hada, las chicas comenzaron a revolotear otra vez en el aire. El salón se veía muy diferente ahora que eran tan pequeñas y sus compañeros de clase parecían gigantes.

Para que nadie las viera, Marisa y las chicas volaron por debajo de las mesas y entre las sillas hasta llegar a los duendes. En silencio, y lo más cautelosamente posible, se asomaron por encima de su mesa. ¡El estuche de lápices estaba abierto justo frente a Raquel!

Un plan arriesgado

Raquel miró a su alrededor. Todos los estudiantes estaban concentrados en sus dibujos. Nadie la miraba. Era ahora o nunca. Respiró profundo y se abalanzó sobre el estuche de lápices. Pero justo en ese momento, uno de los duendes levantó la vista y la vio.

—¡Hadas! —dijo entre dientes, poniendo la mano sobre el estuche—. ¡Es hora de irnos!

Cerró el estuche y comenzó a saltar de mesa en mesa, tratando de llegar rápidamente a la puerta. El otro duende lo siguió y las hadas salieron volando por debajo de las mesas, entre las piernas de sus compañeros de clase, para no ser descubiertas.

De repente, oyeron un grito:

—¡DETÉNGANSE!

Era el Sr. Beaker... y parecía muy enojado. Los duendes frenaron en seco.

—¿Cómo se atreven a subirse a las mesas? —preguntó el profesor.

Como las chicas ahora eran tan pequeñas, la voz del profesor se sentía demasiado fuerte. El Sr. Beaker comenzó a regañar a los duendes mientras las hadas revoloteaban escondidas muy cerca de ellos.

—Esta es nuestra última oportunidad, miren —susurró Cristina señalando al duende que tenía el estuche de lápices.

Moviéndose con la mayor cautela posible, Raquel y Cristina se acercaron al estuche y comenzaron a abrir el zíper lentamente. Deseaban de todo corazón que el duende no se diera cuenta de lo que hacían.

Marisa esperó hasta que el zíper estuviera lo suficientemente abierto para colarse dentro del estuche. Cristina y Raquel contuvieron la respiración y esperaron nerviosas... hasta que la pequeña hada se asomó con su estrella mágica en la mano. Con solo tocarla, la estrella se había reducido de tamaño.

—¡La tengo! —susurró el hada emocionada—. ¡Vayamos al fondo del salón!

Cuando estuvieron a salvo detrás de la enorme planta, otro movimiento de la varita de Marisa devolvió a Cristina y a Raquel a su tamaño normal.

—Gracias a las dos por ayudarme —dijo Marisa con la estrella mágica en su vestido y los ojos llenos de lágrimas de felicidad—. Ahora las haditas podrán disfrutar de sus clases de ciencias nuevamente.

—Fue un placer —dijo Cristina sonriendo.

—Y dile a las demás hadas de la escuela que estamos listas para ayudarlas también —añadió Raquel—. ¡Adiós, Marisa!

La pequeña hada agitó la mano y desapareció en una nube de polvo mágico. Cristina asomó la cabeza por detrás de la planta.

—El Sr. Beaker todavía está regañando a los duendes —dijo—. Podemos caminar hasta nuestra mesa.

El profesor les pidió a los duendes que regresaran a su mesa y terminaran su dibujo. Unos segundos más tarde, echó un vistazo por todo el salón. Raquel y Cristina estaban dibujando la planta juntas. Era como si nunca se hubieran levantado de sus asientos. Al final de la clase, el Sr. Beaker revisó el trabajo de las chicas. Habían señalado la raíz, el tallo, las hojas y otras partes de la planta. Cristina también había pintado un arco iris de colores en la parte superior de la página.

—¡Excelente, Raquel y Cristina! —dijo el Sr. Beaker—. Esto merece una estrella dorada. Voy a poner este dibujo en el mural para que la inspectora lo vea cuando visite la escuela.

Amina y Ellie sonrieron y felicitaron a las chicas, pero los duendes las miraron celosos.

—¿Y qué les parece el nuestro? —preguntaron—. ¡Es el mejor!

Mostraron su dibujo, pero era un garabato verde.

—Bueno, al menos lo intentaron —dijo el Sr. Beaker.

Un duende le dio un empujón al otro con tanta fuerza que casi lo tumba de la silla.

—¿Dónde está la estrella mágica? —dijo mirando al otro duende—. ¡La perdiste!

—¡*Tú* la perdiste! —soltó el otro.

Mientras discutían, alguien tocó a la puerta del salón y luego entró.

—¿Dónde están las plantas gigantes? —preguntó el conserje.

El Sr. Beaker señaló hacia el fondo del salón, pero en ese momento vio que las plantas se habían encogido. ¡No lo podía creer!

—Pero... pero... ¡eran enormes! —exclamó.

El conserje lo miró con desconfianza y todos los chicos en el salón empezaron a hablar a la vez.

—¡Sí, eran gigantes!

—¡Ocupaban la mitad del salón!

—¡Eran plantas gigantes!

El conserje movió la cabeza.

—Bueno, solo hay una explicación

—dijo riendo—. ¡Deben de haber sido *frijoles mágicos*!

Luego salió, y Raquel y Cristina intercambiaron una sonrisa cómplice. ¡El conserje tenía razón!

—¿Mañana nos esperará otro día mágico? —dijo Raquel mientras recogían y guardaban sus lápices.

—Eso espero —respondió Cristina—. Todavía nos falta recuperar tres estrellas mágicas... ¡y estoy loca por conocer a las otras hadas de la escuela!

Raquel y Cristina ayudaron a Marisa
a encontrar su estrella mágica.
Ahora les toca ayudar a

Alison,
el hada de arte

Lee un pequeño avance del
siguiente libro...

Dibujos enigmáticos

En cuanto el hada vio a Cristina y a Raquel, revoloteó feliz.

—¡Hola, chicas! —saludó con voz cantarina—. ¡Estoy tan contenta de haberlas encontrado!

El hada agitó su varita. Al instante apareció un remolino de paletas de pintor a su alrededor. Cada paleta en miniatura traía pinceles y pinturas brillantes.

—Nos conocimos ayer, ¿cierto? —preguntó Cristina, recordando su viaje a la escuela del Reino de las Hadas.

—Tú eres Alison —añadió Raquel—. ¡El hada de arte!

Alison sonrió con placer. Era tan bella que parecía un retrato. Su cabello dorado caía en ondas sobre sus hombros y lo llevaba coronado con una boina de color rosado. Llevaba puesta una camiseta de lunares con una estrella en el centro, cuentas tintineantes y una maxifalda en diferentes tonos de azul.

—Está hecha con una técnica de teñido con nudos —dijo el hada con orgullo cuando se dio cuenta de que Cristina y Raquel observaban su falda—. ¡La hice yo misma!

La pequeña hada charlaba alegremente hasta que los borrosos dibujos de tiza en el suelo le llamaron la atención.

—¡Cielos! —exclamó con tristeza—. Probablemente puedan adivinar por qué estoy aquí.

Cristina miró con nerviosismo a su alrededor y luego se arrodilló junto a Alison.

—¿Buscas tu estrella mágica? —susurró Cristina.

Alison asintió.

—Tengo que recuperarla. Mi estrella mágica es la garantía de que todas las clases de arte serán divertidas y maravillosas. ¿Se imaginan un mundo sin dibujos, pinturas y esculturas? Qué idea tan horrible, tan triste...

Mientras decía eso, su voz se fue

apagando. Raquel vio una pequeña lágrima plateada deslizarse por la mejilla de Alison.

—Nosotras arreglaremos esto —dijo Raquel amablemente—. ¡Los duendes no pueden salirse con la suya!

Cristina tomó la mano de Raquel decididamente.

—Vamos a encontrar tu estrella muy pronto —prometió.

El rostro de Alison también se animó. Pero antes de que pudiera decir otra palabra, un grupo de chicos pasó corriendo.